입가로 새가 날았다

시작시인선 0405 입가로 새가 날았다

1판 1쇄 펴낸날 2021년 12월 29일
지은이 정남식
펴낸이 이재무
기획위원 김춘식, 유성호, 이형권, 임지연, 홍용희
책임편집 박은정
편집디자인 민성돈, 장덕진
펴낸곳 (주)천년의시작
등록번호 제301-2012-033호
등록일자 2006년 1월 10일
주소 (03132) 서울시 종로구 삼일대로32길 36 운현신화타워 502호
전화 02-723-8668
팩스 02-723-8630
홈페이지 www.poempoem.com
이메일 poemsijak@hanmail.net

ⓒ정남식, 2021, printed in Seoul, Korea

ISBN 978-89-6021-608-2 04810
    978-89-6021-069-1 04810(세트)

값 10,000원

입가로 새가 날았다

정남식

천년의시작

시인의 말

뜰 담장에 기대어 덴마크무궁화가 꽃 피고 지는 것을 출입할 때마다 보았다. 들고 나는 시선은 가만히 바라보는 눈은 아니어서 바람결에 지나간 스침일 뿐이었다. 그런데도 나고 죽는 생멸의 반복이 처연하여서인지 사시사철 유독 그 노란 꽃만 눈에 띄었다. 떨어져 얼룩진 꽃잎은 바닥에서 검게 말라 사그라지고, 또다시 피고 지는 것이 반복되어 무궁화의 이미지가 철마다 허공에 떠다녔다.

사사로이 세사는 탕진되었다.
당신을 앞에 두고
무궁화꽃이 피었습니다,
뒤돌아볼 때에
지는 것은 도처에 흥건하였다.

여기, 당신이 꽃 피어나고 있다.

차 례

시인의 말

제1부

기쁜 길

당신을 보내고 나서
찬바람의 뺨을 살짝 치는,
뒤늦은 가을 은행잎보다
더 떨어지지 않는,
당신을 보내고 나서
깊은 가을보다 더 떨어지기 위해
나는 잎 무더기로 걷습니다
거리에 은행잎 알갱이로 짙은
가을의 샛노란 사막은
때로 내가 걸어야 하는,
기쁜 길이기도 했습니다

젖는 뿌리

뿌리가 오래 말라 있다
오래오래 땡볕이 땅에 머문다
뿌리는
잔뿌리가 바삭거릴 때마다
뿌리털에서 목이 멘다
빛의 가득한 기운에
잎은 쩡 갈라지는 공기로
호흡이 거칠고
가지는 관절이 저리고 시리다
옹이는 더욱 굳어 돌 같다
돌마음으로 견디어야 하나

네게 전하리라
말조차 하지 못할 기진한 몸으로
내 뒤끓는 가래 그르렁그르렁 모아
겨우 침으로나마 뱉어 내고자 하나
몸 가려운 뿌리
흙이 먼저 부르니,
내 진정 흙투성이로 가면
네게 전할 말

더운 땅에 저절로 묻힐거나
묻혀서는 폐부 깊숙이 진흙이 된다면
그건, 깊이 내려가야 할 일
흙 알갱이 되어 더 밑으로 스며들어
부서져서 네게 다가가리라

흙먼지 반죽 되어 너를 덮을 즈음

깊은숨 들이쉬고
숨통 내어 한숨 불면
한없이 작은 뿌리 이내 젖는다

너는 밑에서나마 살아남으리라
끝까지

흘러내리다

햇빛이 햇빗으로 머리를 빗고 말라 가는 여름
마른번개가 철컥 톱니바퀴처럼 흘렀다
벽에 비스듬히 타고 흐르는 빗줄기가
벽을 빗살무늬 구멍으로 울고 있다
회의는 회의가 들고 깡마른 국장은
뼛속까지 파고든 신경에 씹다 만 쌀알을
위에서 아래로 조각조각 내고 있다
창틀에 흐르는 물의 창문들 너머
산빛이 흐려지고 회의 대화의
한가운데 포도알이 찢겨 나갔다
소나기는 시간 외 수당의 곳간을 덮치고
아무런 손에 든 것 없이 창문 틈새로
예산의 비가 흘러서 건물의 부채를 떠안았다
지하 주차장에 넘치는 물을 지나
돌아가는 머리 위로 귀가 곤두섰다
축축하게 네 웃음소리가 가슴까지 차올랐다
목에서 물소리가 흘러내렸다

정거장의 시간

빗줄기가 도로에 파도를 짓고 있다
가나피싱슈퍼 캐노피 아래 서서
바람이 빗줄기를 뒤집는 것을 바라본다
정거장은 꺾여 있고
버스는 연착이다 지각으로 단련된 발뒤꿈치로
휴대폰의 시간을 꺼내 본다
얼마 더 허공에서 바람의 파도가 출렁여야 하리라
부두에 묶인 배의 심장이 뛰고 있다
비바람이여 그럴수록 나는 더욱 뛰누나
오히려 고요하다 너를 생각하는 동안
나무와 함께 온통 흔들리는 사이에서
비바람을 되새김질하듯 소는 저리 묵직하게 서 있다
가나피싱 CCTV는 서 있는 한 생애의 비바람을 훔쳐보
고 있다
시간을 말고 있는 시각들 속으로
비가 철썩일 때마다 뺨으로 달구어지는 네 얼굴
물결이 쿨럭인다, 숨을 쉬다가 말다가
비바람은 도로를 더욱 거세게 치고 있다
밀물처럼 버스가 들어왔다
정거장을 한 손에 쥐고
네게로 떠나간다

새벽 편지

이윽고 날이 저문다, 금빛 시간은 타오르다가
기억의 눈을 감고 머리를 물 밑으로 담근다
이제 머리카락의 시간이다, 빠진 머리털로
유영하는 물살에 추억록을 적는다
페이지는 빠르게 넘어간다 날이 저문다

온통 견디어 내야 할 밤이 온다
별들은, 네가 숨 쉬는 가슴으로, 떨린다
추억록엔 아무것도 기록되지 않았다
그저 흘러갔을 뿐, 흘러갔을 뿐으로
별들이 반짝인다, 밤의 심장으로 뛰는
별들에게 물어보는 말 따위는 없으리라

잠 많은 꿈을 꾼다, 새벽 편지를 쓰기 위해
별 하나 움켜쥐나 손에 잡히는 별의 재를
발밑으로 흘려보내고 남은 별의 잔해로
새벽 편지를 쓴다, 서체는 별체이리라, 반짝이는
비의 발걸음으로 즐거웠던 날이
걷다가, 젖은 날의 발자국이 남겼던, 구두는 마침내
구멍이 나고 구멍 속으로 흘러들었던

그리운, 그리운 진흙탕의 기억 자국들
편지에 더운 눈물이 확, 흩뿌려졌다
물기를 남기며 지워진다

시간은 빛이었다가 어둠이었다가 어둠의 빛이었다가

새벽빛이 나를 물들인다, 드러나는
잔잔하고 맑은 모습으로 하루가
새소리와 더불어 나무에, 지붕에 풍치지구를 만든다
하루가 시작되었다, 하지만 아직
얼굴 없는 하루로 너는 일어나리라
결코 서두르는 법 없이 너는
사그라진 별 하나를 손에서 꺼내면서 웃으리라
반짝였지만, 무심한, 맑은 안녕으로……

다대포

　어두운 해변을 걷는다 모래사장에 눈가루를 뿌린 듯 흰
물갈기가 타고 있다 밤바다는 보이지 않는다 분수대에서는
내 마지막 소원이 천년의 사랑과 함께 물에 빠졌다 물빛이
총천연색으로 솟구치다가 사라진 것이다 나무들의 눈이 멀
었던 시간 멀리 아파트 창이 빛나기 시작했다 몸이 빠져나
간다 바람 불어오고 파도는 칼날처럼 물을 타고 되풀이되어
스러진다 바다의 어둠에 수장되는 것 같아 뒤로 물러난다
　물 위의 난간을 걷는다 반딧불이로 빛나는 폰에서 바다
로의 발신이 끊어졌다 도무지 수신되지 않는 저 두려운 심
연, 어둠의 수장고 속에 흰 사랑의 파도치는 물방울을 눈
빛으로 움켜쥐지만 몸은 빠져나가는 길에서 수초에도 얇게
베인다 말해지지 않는 이름을 바람에 부르고는 검은 바다
에 던지고 왔다
　해변을 걷다 가슴이 창을 만들고 무수히 내다보던 바다,
목에서 덜컥 잠기던 파도 소리, 그리고 혀에 꽂힌 피어싱으
로 내걸린 초승달을, 나는 입술로 깨물었다
　이름을 지울 기억의 은물이 아크릴처럼 흘러내렸다

물의 계단

처음 만났을 때 당신은 고여 있었습니다
펼쳐진 채 수평인 수면이었지요
불지 않는 바람 밑으로 당신은
물의 계단을 칸칸 만들어 내려놓았어요
수면은 잔잔한 푸른빛이었는데
푸름을 지나 어두워져 마침내 붉음을 건너면
당신은 물의 맨 마지막 계단에 흰빛을 깔고는
아직 저벅저벅 걸어 내려간 적은 없어요
누구나 당신의 물의 계단을 내려가고 싶어 하죠
당신은 어쩌면 물의 잎인 늪을 심어 놓았는지도 몰라요
당신이 바람에 흔들려 웃으시면
그 늪은 희미해져서 바라보는 눈들이 흐려지지요
어쩔 수 없이 물의 계단이 흔들립니다
아홉 이랑으로 펼쳐진 물의 계단에
당신이 다 걸어 내려간 적이 없기에
당신을 바라볼 때 당신의 늪에 빠지는 착각을 합니다
그러니 끝까지 다 내려가지 못할 거예요
당신의 맨 마지막 흰 계단에,
그만 눈이 부셔 멀어 버릴 테니까요

물결이 일어나다

하늘이 허했는가요
새벽에 우는 듯도 했습니다
가슴에 뜨거운 불을 안고
나는 올라가고 있어요
차가운 이마에는 땀을 내고
하늘은 검고 땅은 누르니
땅에 내는 저 비의 신은
수면에 운행 중이에요
서서히 물이 오르고 있어요
탈수 경보가 대기에 퍼졌거든요
당신은 탈진해 버렸어요
숨 쉬기가 힘들어졌지요
병원에서는 더 숨 쉬기가 힘들었어요
떠듬떠듬 쉬는 숨으로
숨죽여서, 더 깊은 한숨으로 사라지는
가슴에 뜨거운 불을 안고
나는 올라가고 있어요
당신의 가파른 숨에 가닿기 위하여
그리하여 당신의 숨을 진정 호흡하기 위하여
마침내 당신의 하늘이 구멍으로 공허하기 위해

저 비의 신에게 물결을 더 올릴 거예요
해일이 일어날지도 모르지만
나는 더운 가슴을 더 태울 거예요
시원하게 당신의 근저가 질척인다면
그리, 살아날 거예요

입안 가득 슬픔

입이 말라서 입술 텄다 그래도 물 마시지 않았다 몸이 말라도 바삭한 것만 먹었다 찌짐 가장자리 고소한 것에 빵 부스러기 먹고 양념에 버무린 생선은 고양이였다 국은 건더기만 휘휘 건져 올렸다 입이 말라서도 물은 마시지 않았다

몸은 미열이었다 몸속으로 사막 한 줄기가 강물처럼 흘러 다녔다 마른 허리에 찬바람 불어 엄마가 가슴으로 덮칠 때는 얼굴에 노을이 빠르게 졌다가 입안 가득 어두운 여울물 소리를 냈다 허리가 구부러졌다 펴질 때쯤 슬픔은, 갓난아기 키처럼 자랐다

상 위로 오리가 이리저리 지나다녀도 돌솥 훑다가 손톱만 한 인삼 한 덩이도 지나쳤다 돌솥이 데운 잡곡은 콧바람에 말렸다 백미가 고른 치열을 따라 보이다…… 가는 잘도 사라졌다

마음이 여러 갈래 글로 갈라져 A4용지 한 장짜리 공문에 7개 서체를 썼다 아직 쓰지 않은 8번째 나머지 서체는 비어 놓았다 검은 수성펜을 들고 글씨를 썼다 풀밭 위의 식사, 라고 서명했다

>

식사가 끝나면 열쇠로 잠갔다 키는 혀 밑에 두었다 머리카락에 철커덕 소리가 들리고 눈가에 땡그랑 소리를 묻었다 붉은 풀물이 들었다 싶으면 쿨럭, 볼에 불이 켜지고 허리가 타들어 갔다 날이 저물기 전에 반짝이는 놀빛이 턱밑을 치고 올라와 이마를 적시고는 잠깐 손수건인 양 들이쳤다 혀 밑에 둔 키로 입을 열었다

기뻐,
기뻐,
나는 병이야

상 위에 술병 자리 뜨는,
창밖 포도밭 저녁이었다

물 피아노

누군가의 기억이 음표로 묻어 날아온 건반의 열은 어둡거나 희었다

용달에 실려 한 사람 동행으로 운반된 저 검은 육체의 둔중함을 바닷바람이 노래를 불러 주고 싶어 했으나 피아노는 소금을 싫어했다

나는 노래가 짜지는 것을 싫어해

조율사는 소리를 똑딱이고는 피아노를 지우고 떠났다

벽에 붙어 돌의 습기를 차단하듯 노래를 담은 뚜껑은 굳게 닫혀 소녀의 꿈은 종이로 옮겨 간 뒤이다

검은 피아노는 한낱 소리의 장례식으로 저의 관을 관직으로 여기고 있다

소녀의 손은 차츰 흑백의 수열로, 알파벳이 국문을 페달 밟듯 지그시 눌러 가는 혀의 건이 되어 갔다

햇빛도 검은 피아노를 바래면 안 되었으므로 창문은 입을 다물고 눈을 덮었다

어둑해져서야 집의 문이란 문은 다 열려 있으나 오직 소리를 묻고 집을 다지고 있는 듯 피아노는 건장하였다

소녀의 엄마는 종일 잠의 소리를 쫓아 눈팅, 하고 스마트폰 배달의민족은 저녁 만종이었다

노을 편에 배달된 빛이 나, 넘어가도 돼? 하고 산 밑으

로 떨어지고

저녁 상차림이 빗방울처럼 후두둑거리는 하늘이었다

수저 건반에서 빗소리가 났다

삼천 개의 빗방울

비가 줄줄 내리고 있다
와이퍼는 비가 아니라고 습습 좌우로 손짓한다
타이어는 기장읍으로 흘러간다

해동용궁사의 지붕은 연등의 하늘,
연등이 비를 긋고 있다
물 위 절 곁에 주둔한 카메라 렌즈들이
비 맞는 비닐을 뒤집어쓴 채
용궁을 향해 무엇인가 기다리고 있다
렌즈는 비의 일생을 보고 있는가
내리는,
내리는,
것에 대해

향을 놓고 연기를 올리며
기도하는 여신도는 자신을 낮춰 절을 하고
초는 자신을 태우며 낮게 타고 있다
바다가 파도로 염불을 쳤다

한 빗방울이 이마를 스칠, 그때였다

\>
나는 천 개의 빗방울을 이마에 맞아야 했다
허리 낮춰, 무릎 꿇고, 이마를 바닥에 대지 않은 나는
천 개의 빗방울을 한 번 더 맞아야 했다
사랑을 찾지 않고 기다림을 모르고 산 채
타는 초처럼 자신을 불사르지 못한 나는
천 개의 빗방울을 한꺼번에 또 맞아야 했다

삼천배하듯 삼천 개의 물방울로 거세게 맞아
거품을 입에 물고 기진한다 해도
기절하고 기절한 채 사랑해야 하는 게 아닌가

한 빗방울이 이마를 때린다

비 맞는 헌화가獻靴歌

비 내리는 만리장성 앞에서
배가 살 사운거립니다
내장의 생각은 만리 초입에 지레 겁먹었습니다
단체 비 셀카 찍는 일행에 끼어
인증샷으로 관광의 방점을 찍는데,
만 톤의 돌이 부역의 토목에 무거워도
만리장성은 비에 젖어 유현합니다
안개도 성 위로 서서히 피어오릅니다
이탈리아 부인이 맨발로 장성을 내려옵니다
손에는 우산과 힐을 들고 있습니다
그때 발이 미끄러져 난간을 붙들다
신발 한 짝이 성 밑 낭떠러지로 떨어졌습니다
신발은 저 멀리 보이는데 내려갈 길이 없습니다
장성의 위엄이 만 길이어도
헌화가 대신 신발을 주워 보려고
몇 번이나 꽃처럼 내려다보았지만
헐수할수없이 그만 등을 돌리고 말았습니다
비 맞는 신발이 만 리 길처럼 멀어 보였습니다
나도 그처럼 멀어 보였습니다

빗방울 자국

호수에 물이 말라 가고 있어요
지층이 너무 건조하게
흐벅지게 빨아들여
나도 말라 가고 있어요
하늘 열린 이래 이리 가문 적 없는데
나의 허벅지조차 가렵게 말라 가니
그대, 초원 따라 떠나갔어요

몸이 퇴화되는 거 같아요
모래 알갱이로 부서져 내리는
물결들이 몸에서 흘러요
파동이 전하는 이 떨림을
그대, 어느 곳에서 느끼고 있나요

나는 드러날 대로 드러나
이제 건조될 차례만 기다리고 있어요
귓방울이 방울방울 딸랑거려
맥박이 뛰는 이명으로 나는 덜컥여요
초원으로 떠난 그대,
나는 끊어질 듯해요

>
우웃, 하늘이 왜 이래요
쨍한 하늘에 갑자기 먹구름이 해를 삼켜요
나는, 어지러워요!
우두두두– 우박 같은 빗줄기가
화살처럼 내 몸에 꽂혀요
범람이신 당신, 당신이신가요

빗물로 흘러내리는 당신,
나는 시원하게 씻겨져 내려가요

호수가 말끔히 채워졌어요
나의 허벅지도 찰박거려요

허나, 나는 다시 마르고 있어요
당신은 번개처럼 사라졌지요
비와 함께 나는 싱싱하게 마르고
퇴화된 그리움으로 퇴적되고 있어요
빗물에 강하게 충격된 자국만 남길 거예요
이 빗물 자국이 우흔雨痕인지 누흔淚痕인지
나는 말라서

이 호수에 남길 거예요

먼 훗날 아주 잘 보이게
서동리* 국도 변에다 남길 거예요
느티가 저만치서 오래오래 지켜보게요
이 자국에 비의 종소리가 날지도 몰라요
나는 퇴적되어도 그렇게 당신을
드러낼 거예요, 내 당신을

* 서동리: 의령 서동리 함안층 빗방울 자국은 약 1억 년 전에 만들어
진 화석이다.

제2부

푸른 그리움

저 동녘 넓은 그리움을
어떻게 다 바라보란 말인가
저 넓은 푸른 그리움을,
밤새 충혈된 눈시울로 적셔도
바다는 푸르기만 하다
바람 설레는 물결 따라
관능적인 거대한 블루가
만 겹의 물살을 평생 치고 있다
물결의 살내를 저미는 대왕고래가
이 바다를 다 헤엄칠 수 없듯
이 그리움을 다 그리워할 수 없다
서녘 해거름 삼아 타는 홍조로
푸른 눈빛을 빗발치며
파란만장 뜨겁게 뜨는 네가
나를 붉게 지우기 전까지는,
이 그리움을 다 그리워할 수 없다
바라보다 아득히 눈이 머는,
생명인 에로스의 바다여

당신이 몸으로 피워 낸

햇빛의 기척으로
문이 열릴 때마다

문 앞에 익소라가 피었다
문가는 햇빛이 들지 않는다
대신 등이 심어져 있고
때때로 등에 빛이 들어와
익소라는 더욱 붉어진다

어두워지기 전에 익소라는
남몰래 손톱만 한 꽃잎을 떨어뜨려 놓고
나는 그림자로 지나간다

그늘이 자라고 있다
붉은 그늘이 피고 있다
익소라는 제 슬픔을 굳게 하고 있다가
햇빛과 바람이 그리워
몸을 움츠리고 더욱 타오른다

내 그늘은 희게 자라고

당신이 몸으로 피워 낸
붉은 익소라,
눈앞에 그리듯 피어난다

문이 열릴 때마다
붉은, 그리운 이마 아래
앙다문, 입술 꽃들

가을을 기리는 노래

시월이 다가왔습니다 날은 흐리고
빗방울이 내릴락 말락 바람결에 날아갔습니다
태풍이 깃을 치고 이제 막 날개를 풀었습니다
가을은 아무리 건강해도 병입니다
건강한 병, 하나 얻지 못하는 이는 중환자입니다
산 채 포박되어 기쁨에 겨운 이들

초록과 연두로 흘러내리던 그대 얼굴 기미가
열과 차가움을 가진 자의 얼굴에 드러나는
누런빛을 보고 싶습니다

시월에 몸을 묻겠습니다 이윽고 비가 내리는 날
타는 몸으로, 그대를 적시다가
차갑게 여윈 몸을 버리고
누런빛 나는 눈물의 미소를 짓고는
시월의 이슬로 사라지겠습니다
낙엽처럼 몸을 내리겠습니다

하여, 바람을 내뿜으며
태풍의 눈으로 그대를 바라보다

만면에 바람 든 병색을 완연하게 만들고는
그만 사라져 버리겠습니다

시월이 다가왔습니다
모든 준비가 되었는지요, 당신
곧 병이 올 것을!

순천만 갈대

정원들이 넘쳐 났네 꽃의 만발에
사람들은 천천히 치여 갔지
구름은 때로 검은 선글라스를 끼고
길을 지우며 그대, 길을 따라갔네

동천 물가에서 한참 서 있었지
순천만 언덕의 기울기로
흐르지도 접히지도 않는 마음이었네

갈대밭에 바람이 불었네
바람이 한 천 일 동안 불어
바람에 바스라져 스러지도록
갈대밭에 숨어 눕고 싶었네

소금기 머금은 바람에 날리어
나는 갈대로 바스락거리며
빈 정원을 만들었네, 그 안에는
꽃이 없는 그대, 발을 지우며 길 만들고
꽃 없이도 꽃이 피는 걸 그때 알아차렸네

>
정원도, 꽃도 버리고 길도 다 버리고
순천만 갈대는 오로지
바람에 기대 부드럽게 서서
땅에다가 순정의 서문을 쓰고 있었네

나, 갈데없이 갈대야

휘어지도록 갈대밭이 식물계의 장인답게
쓰러지는 바람을 일으켜 세우고 있었네

고분군에 서서

고분군에 서 있는 당신을 보았습니다
무덤 오르는 길에는 긴 줄만 두 개
사람들이 흘러 다닙니다
하늘은 명쾌하게 파랗습니다
줄 밖에서 죽음을 벗어난 듯 고분군에 서서
산 자들의 죽음으로 가는 행렬을 기쁘게 보는 당신
초록빛 고분군에 웃는 지석묘 하나 짓겠습니다
오래 누운 묘의 가을이
맑게 빛나고 있는 것들을 흔들 때
묘한 웃음으로 붉은 지석묘를 짓겠습니다
웃음의 묘를 입술에 달고 다니는 당신
고분군이 고성 읍내 따라 몰래 내려가고 싶은 마음에
죽은 몸에서 숨 트이는 소리를 냅니다
묘합니다, ㅋ
묘한 입술을 흔드는 당신

바구니

나는 바구니, 갈대로 엮여 있어요 바람 따라 이리저리 흔들려 바람의 길을 묻기도 그 속살을 깊이 들여다보기도 했지요 바람은 때로 거칠어 온몸이 휘어질 때 그게 바람의 거친 사랑인 것을 알았어요 한번 크게 뒤흔들리고 나서야 깨달았어요 정신을 잃고 머리가 발끝까지 닿아서야 이리 휘어지는 몸이라야 당신이 나를 돌아본다는 것을요 허나 또 소리 없이 지나가기도 하지요 당신은 아무 기척도 하지 않아요 그럴 때 나는 내 속에 부는 서늘한 갈바람을 느껴요 바람이 서로를 꼬아서 잡고 있는, 회오리바람이지요 이 바람 속은 사실 텅 비어 있어요 나는 갈대 바구니예요 모질게 생각하는 바구니에 당신의 바람을 담으려는데 소용 있을까요? 내 당신에게 가면 조용히 한구석에 놓여지겠지만 내 바람 가닥가닥을 풀진 않을 거예요 나는 묶여서 비어 있고 당신을 받아들일 텅 빈 곳으로 사니까요 언젠가 이 바구니 안에 썩을 무엇이든 담아지겠죠 해바라기 씨앗 한 알이라도 담으려고 하지만 날이 붉게 저물 무렵이나 새벽에서 아침으로 지나가는 푸른 시간이면, 어김없이 사라지는 당신

돋섬* 불꽃놀이

미희는 왜 도망갔는가

돋섬 위에 등불이 환하다, 도착해서 보는 섬의 불빛으로
입구의 황금 돼지는 세상 속으로 도망쳤다
섬 따라 복을 비는 지등의 띠에도 불꽃 들어 있으니
이 황금 돼지에게 뭔가 빌어 볼 일이다
사고로 붙지 않는 발등뼈를 금빛 족발에 대어 볼거나

해안도로에 펼쳐진 루미나리에 길로 들어서니
빛의 심연에 빠져 잠시 넋을 잃는다
디카의 황홀에 홀연 깨어나면
미희가 숨어 국화 향기를 발산하고 있다
온 섬 제 피부에 돋은 솜털의 국화꽃들을 피우며
저는 자꾸 돼지를 지우고 있다

미희야, 미희야, 돌아와 다오
내 다리가 이토록 아픈 것은 너를 찾아 헤매었음이니
나는 이제 왕이 아니로다, 거지 같구나
이 가을 국화를 보면 내 국화國花인 미희야
너는 빛 가운데 사라졌는데 어디 있는가

너는 바다의 달을 쳐다보고 있는가
달빛 출렁이는 은물결에 눈을 빠뜨리며
너는 월영대에 도취해 있는가

나는 거울을 보다가, 거울이 깨지고
내 얼굴에 돼지 코가 뜬 것을 보았어요
내 밥도 돼지국밥이 되었구나
배가 허리를 둘러서는 이제
이 생에 거둔 눈빛을 다시 들어야 하나요?
내 눈은 달무리에 점차 흐려진다
해시亥時에 초승달이 부풀어 동경銅鏡으로 떠서는
거울 뒷면이 구름으로 불티를 내고 있다
북두여, 칠성에게 빌어 볼 일이다
내 안에 초승이었다가 만삭인 달이여

가야 왕이 보낸 군병들은 다 어디로 도망갔는가
미희는 눈을 질끈 감고
금도야지로 변했다, 왕도의 인간세 저버리고
무학산으로 날아갔다 학의 날개가 그리웠다
완전히 새 되어, 춤추며, 미희가 돌아다니고 있다

눈이 빠져라 하고 쳐다보면
미희 목소리는 굵디굵은 돼지 목소리로 출렁이고
황금빛 돼지가 바다에 누웠다

불꽃이 피어난다 불꽃놀이다
밤하늘에 불씨 뿌리니 꽃 한 점 피고
알 까듯이 갑자기 거대하게 피어나는
불꽃 만 송이, 귀가 놀라고 눈을 부라리게 하는
저것은 미희가 내지르는 큰 콧숨 기침,
돼지꿈 같은 환호성에 불끈 저지르고픈
태내 불 지름이다
꾸억! 불꽃이 인골 더미로 흩어진다

달그림자가 돼지 꼬리를 밟고 있는 곳에서
최치원이 활을 거두어들이며
죽은 미희를 안고 있다 선상에서 바라보니
출렁다리에 걸린 루미나리에에서
금빛 눈물이 흐르고 있다
달빛에 그린 동경도 녹아 흐른다
나도 비로소 물로 흘렀다

미희가 내 허리춤에서 흘러내렸다
나는 달을 보며 몸을 곧추세웠다

* 돝섬: 경상남도 창원시 마산합포구 월영동에 있는 작은 섬. 돝섬의
  '돝'은 돼지의 옛말이다. 섬의 형태가 누운 돼지에서 유래되었다.

등 뒤의 꽃

백지장처럼 살아온 세월에 너는
얼굴에 있던 시든 입술을 가슴에 묻어 놓고
다녔다 가슴은 또한 산에 묻어 두고
몸에 좋은 식물을 뜯다가 말았다
손은 약손이었지만 목이 꺾인 꽃만 눈에 띄었다

빈처같이 얄팍한 가슴에 묻은 입술이
우물을 찾기 시작하였다 물이 고였다
목에서는 침이 흘렀다 일을 하는 내내
몸은 섬이었다 노를 저으며 누군가가
머언 연륙교를 짓는 것 같았다

희희낙락이 때로 첨벙첨벙 목에서 가려웠다
소리 지운 웃음이 얼굴에 입술을 발랐다
발랄하였다 등 뒤로 꽃이 피었다

내 이 한쪽에 있는 돌칼

내 이 안쪽에는 돌칼 하나 있지
아무도 모르게 마제석기처럼 갈아 놓은 칼
나는 매일 간다네
써먹을 수 없는 이 칼, 그러나 나는 간다네
일용할 성욕처럼 튀어나오려는 말들을 가는 것도 같아서
혀로 간다네 걱정 마세요 누구를 씹지는 않을 테니
내 이 안쪽에는 돌칼 있지
나도 모르게 가는 이 칼, 걱정은 마세요
그래야 사랑의 말이 네게 자라는 것을 막을 테니,
이상하지, 사랑을 막다니? 흑, 그게 사랑인 걸?
어쩌지? 내 이 한쪽에는 돌칼 하나 있지
칼을 씹듯이 곰곰 사랑을 벤다네

누런으로 붉어지다

한때 내 몸은 푸른 물로 가득 찼다. 푸른은 가슴에서 붉은으로 흘렀다. 공기가 시냇물처럼 온몸에서 흘러내리고 온전히 나는 소모되었다. 푸른 건천이 머리에서 발끝으로 돌아 나를 뛰게 하였고 나는 뒤를 돌아다볼 이유가 없었다.

나는 때로 빠져나가곤 했다. 내 몸의 물이 탁하게 흘러 풍진의 강이 범람하였다. 나는 슬픔의 젓가락으로 노를 만들어 헤쳐 나갔다. 나의 이 젓는 힘은 여일하여 부러질 때까지 쓰러져서도 앞으로 저어 나갔다. 바람 불어 흘러가다 문득 깨었을 때 새벽 물소리였다. 달이 나를 지나쳐 붉은 물을 흘리게 했다. 월경통이 시작되면 나는 별을 바라보았다. 별이 혼신으로 스러져서야 나는 씻기었고 빛이 어느새 스며들었다. 숨은, 햇빛이었다.

그토록 시간이 지나서야 나는 빠져나간다. 붉은 물이 점점 탁하게 흘러 줄어들고 있다. 달밤의 나날이 나의 이마를 자줏빛으로 물들이더니 점점 아래로 내 몸은 흘러내리고 있다. 푸른 발바닥에서 이마를 지나 정수리로 돌지 못했다. 자꾸 흘러내리는 붉은 물을 나는 막걸리로 흘리고 있다.

양수를 만들지 않은 지 오래되었다. 나는 여럿 푸른 양을 키워 보았지만 누런 음이 되었다.

수북한 단풍에 지친 낙엽의 그늘로 누워

나무에서 덜 떨어진 벌레 먹은 나뭇잎의 생들을
나는 얼마나 많이 받아 주었는가.
혈액형 없는 피로 물들여질 때이다, 이제
나는 누런으로 붉어질 것이다.
그대여, 생의 계절이 바뀌고 싶다면
언제든 오시라. 이 누렁의 세계로.

종이배나무

벗나무에 어느 날 큰 상처가 났다
그게 여태 보이지 않았었다
오늘 청소를 하다가 보았다
나는 어깨가 아프다 이리저리 다니면서
낙엽을 쓸어 담다가 낙엽을 다 털렸다
어깻죽지가 찢겨 나갔다
낙엽에 구역이 있었을까
주워 담던 쓰레받기가 부서지고
나는 낙엽처럼 나뒹굴었다 남의 구역에서 함부로
낙엽을 털어 내어서는 안 되는 것이었다
나는 시청 용역 길거리 청소원이었다
나는 모든 낙엽을 사랑하였다
벗나무의 상처에, 흘러 다니는 전단지를 주워
손톱만 한 종이배를 만들어 붙였다
접착제는 길바닥에 붙은 껌이었다
하루하루 쓰레기에 떠밀릴 때마다
날마다 한 개씩 종이배를 붙였다
나무의 상처가 다 가려질 때까지
나의 하루는 점점 지워질 것인가
그러면 기억 세포 하나의 상처가 사라질 것이다

오늘도 나는 거리를 배회한다
낙엽이나 담배꽁초, 전단지, 눌어붙은 껌
이런 것들이 나를 살아가게 한다
나무는 종이배를 싣고 하늘을 날겠지
나의 마지막 올 때가 오면
그때 쓸어 모은 낙엽으로 다 덮어
커다란 일엽편주로 허공에 띄워 주면 고맙겠다
나를 친 나의 친애하는 동료들이여

우리가 날기 위한 노래

들녘을 가로질러 철새 떼가 날아온다
저무는 하늘에 펄럭이는 저 날갯짓 무늬,
허공을 길 삼아 가는 날개의 깃털들이여
바람은 이리저리 기류를 바꾸어 보지만
날개는 바람을 타고 지구 자장을 찾아 흔든다
나는 동안 바람의 노래를, 별에게 전하며
몸통의 지방은 점점 말라 많이 야위었다
때로 지진에 흔들려 뇌의 지침이 자장에 약하고
우리의 갈 길은 멀고도 멀었다
때로 우리의 길 위로 우주선이 날아가기도 했다
지표에 떨어지는 우주선의 폭발로
꿈이 다하거나 못다 한 꿈이 독한 에너지를 발산하면
천둥과 번개, 폭우와 폭풍이 우리를 휩싸 안았다
그때 이곳에서 미조를, 길 잃은 새를 지켜야 한다고
날아야 하는 선두의 무리가 뒤를 돌아다보지 않는다
미조는 다른 바람을 타고 날아갔다
선두의 새가 흘리는 눈물이 발톱 새로 사라진다
새 떼가 날아오른다 갈 길이 멀고 달이 뜨면
멀리 떠나간 새에게서 울음이 들리는 듯하다
부리로 찍는 허공에서 어느덧 눈발이 날리는 듯

고도를 더 높이 잡으면서 새 떼의 무리는

날개 너머 생에 가닿을 곳을,

깃 한 털씩 털며 날아갔다

낙엽의 산책

낙엽은 다 떨어졌다
바람이 남은 잎을 달래러 밑바닥으로 불고 있다

정오에 너는 발을 이리저리 움직였다
몇 차례 사무실 문이 열리고 닫혔다
강의실에서 붓은 落葉不怨秋風을 쓰고 있다
낙엽이 가을바람을 탓하지 않는다고
너는 너만의 낙엽의 향기를 주리고 떠나 있었다

식당에서는 국수를 삶느라 조리원의 손이 붓고
객들은 낙엽의 허기를 채우려 줄을 길게 섰다
붉은 식권이 낙엽 통에 떨어졌다
귤껍질같이 손이 닳도록 일했지만 아무도

식후에 창가에 섰다가 티코라더니
아마추어 노 여가수는 벤츠를 부르고 있었다
기사는 담배를 물며 남편이 되었다
지방 출장길에 자칫 낙엽이 될까 두려웠다

사서는 무기직과 끼리끼리

몰려다녔다 책장에 말리던 낙엽이
제본 수선실에서 코팅되었다
낙엽은 영구히 책 공기를 먹었다
붉게 쓰인, 노을빛 청춘
글썽이며 반짝이는 낙엽의 뺨
소녀의 유적

너는 시간이 지나도 오지 않았다 오랫동안
몸 안을 꺼내지 않고 다니던 버릇대로
숨을 쉬지 않고 다니는 너는
낙엽처럼 바스락거리다가도 바로 자신을 코팅시켰다
공기가 들어가지 않고도 너는 살았다 바삐
스마트폰을 들여다보며 시간에 물을 먹이며
너는 종종 왔다 너에게

낙엽의 인두로 달구어진 나는 납작납작 걸었다
결코 구워지지 않고 생낙엽으로 불타올랐다
바람이 살살 불고 있었다
낙엽은 생생하게 면도날처럼 가슴을 그으며
한 잎의 날 같은 이성이었다

지독히도 뒤죽박죽인 센치한 이성이었다

매혹의 산책자로서
나는 그런 낙엽을 비수처럼 심장에 꽂고 죽다가도 살았다

낙엽들은 어쩌면 아무렇지도 않게 시간을 사용하며
밥을 먹고 있었는지 모른다

낙엽 따라 가 버린 길

제3부

실리어 간다는 것은

밤새 바람 불어 창문 흔들립니다
바람이 덜컹 그대를 흔드는지요
그대 잠에서 깨 창가를 서성입니다
투명 방풍지가 부르르 떱니다
비바람 섞이고 처마 밑으로 들이칩니다
실리어 간다는 것은 무엇인가요
옥상 장독 뚜껑이 오랜 세월 저장한
묵은 넋들이 이제 바람에 실리고 싶은 것은 아닌가요
항아리의 둥근 몸으로 웅크린 시간에
너무 오랫동안 고요한 무릎이 펼칠 때입니다
바람에게 전합니다 덜컹덜컹
그대에게 유랑하고 싶은 마음이 흔들린다고
오늘은 파묻은 이름에게 바람이 불어 갑니다

홀연

차가 구르면서 너는 스르르 희미해지는 순간을 붙잡고
는 놓친다
아무것도 생각나지 않는 깨진 머리에 휴대폰이 떨어진다
그동안 서리가 내리고 두렁길은 얼어붙었다 생의 들머
리 길에
서성인 날들이 아주 멈추었다 그사이 별도 깜박
지는 이 숨에게 빛을 땀처럼 냈으리라
별들은 밤새 빛을 모아 넋을 비추고는 거두어들였다
별에게 가슴을 내어 준 사내, 헤드라이트 불빛이 치솟
은 채
오래전 자진한 사랑 따라 핸들을 움켜쥔 손은
영원히 만날 길을 놓치지 않으려는 듯
구르면서 차는 드러누운 바퀴로 하늘을 더 달렸다
논바닥에 처박힌 폰의 일생도 서서히 얼어 가고
물에 젖어서도 유심만이 살아났다
그대들은 물 따라 물로, 물의 씨앗으로 흘러갈 것이다
망망대해에 한숨으로 합수될 때까지,
두렁길 새벽하늘 허공에 떠돌다 사라진 까마귀를
나는…… 말하지 못하리라
추운 강가에서 검은빛으로 웃을 날들로 남아

그대들은 하늘에서 이제 성혼이 되었겠다
지상에서 부는 바람에 별이 별을 스쳤으므로

지시의 밤

그대는 한 죽음 옆에 있습니다
그대는 결코 죽음 앞에 있을 까닭이 없었으므로
옆에 숨어 있었습니다 낙하가 그를 죽였지만
그대는 바람과 같은 얼굴로 그 죽음 옆에서
밤을 새우도록 지시를 받았습니다

빈소는 즐겁게 갈변한 얼굴들이
애도의 줄을 세우고 치며
겨울로 지치고 있습니다 이 도시의
시의 머리가 떨어진 것이지요

그대는 죽은 자에게 있습니다
죽음은 병풍 한 장 가리어진 것이어서
찬바람 부는 동안 어둠이 깊어지고 별이 생생할 뿐
눈이 감기고 밥 한 술 겨우 먹었습니다

다음 날 죽음은 백지 위
모니터의 커서가 깜박깜박하는 것을 쳐다보는 일
마우스의 안장에 올라타 따닥따닥
비밀의 흰 시트를 건너뛰는

말발굽 소리를 듣는 것과 다름이 없습니다

작업자의 윈도우 창에 눈이 내리고 있습니다
아무것도 쓰지 않았다는 듯이
눈이 내리고 지난밤의 죽음을 덮고 있습니다
눈송이의 내력은 오로지 내리는 일
다 내리고 나면 모든 기억을 지우는 눈

지시의 밤이 다시 오고 있습니다

기차에 치이듯 너를

기차의 둥근 발이 떨어져 있다
레일을 벗어나 어디로든 굴러갔을 것이다
잡초 속에서 뿌리를 건드리고 있는지
침목 사이에서 웃자란 풀이
기차의 배를 찌르고 있다
햇빛에 쇳가루를 먹어 치우는 풀빛
발 떨어진 기차에 올라 네게 가고자
기관으로 향한다 후우 호흡을 때는 증기
덜컹덜컹 레일이 길을 이끌어 가고
창문이 풍경을 지우며 흡입하다가
발끈 터널의 숨길이 막히는 지점에서
화통을 삶듯 네가 울컥 쏟아져 나온다
기차는 또다시 둥근 발이 떨어져 나갔다
내가 발이 되어 기차로 떠나 보지만
발등 근처에서 모락모락 피어오르는
가쁜 숨이 턱에 막 닿을 듯하다
기차는 기적을 토막토막 내고 있다
너에게로 갔던 역은 사실 어디에도 없었으니
기차에 치이듯 너를 지나갔다

매미

겨울 아침 시린 마당에 누운 매미
스티로폼 박스를 치우자 불쑥 빠져나온 몸
저 한 몸이 지난여름 실컷 울었을 울음이
다 빠져나가고 허물어져 누워 있다
어디로도 가지 못하고 담벼락 밑에 버려진 껍데기
여름내 운다는 것은, 산다는 것이라는 듯이
다 울어 버리고 남은 지난여름
나무에 매달린 울음이 잎으로 퍼져
나무는 더욱 푸르렀을 것이다
오늘 아침 저 죽은 몸을 후줄근히 쳐다보는
내 몸도 빈껍데기로 서 있을 뿐
저 몸을 빗자루에 쓸어 으름나무 밑에 던져 묻는다
잘 썩었구나, 매미야 무덤처럼
내 마른 몸은 울지도 못하고 빈껍데기로 서서
누구에게 일생의 울음 한번 피워 주지 못하고
썩을 비애로 움직인다

연도 가는 길

연도 선착장을 뒤로하자
배에 김밥 두고 내린 게 생각났다
순한 흰둥이 둘이 다리에 코를 묻는다
뭍 냄새가 그리웠던가, 비릿한 갯내
방파제 걷는 길에 머리가 절여진다
거칠어진 삶의 숨, 죽이라고
강풍의 기류를 거슬러 높이 나는
갈매기의 저 부동의 날갯짓
횟집슈퍼민박잡화 한 간판으로 사는 문을 열자
짜파게티에 소주잔 비우는 사내 둘
국책 사업에 연도는 철거 중이었으니
연도여자상엿소리의 진혼 노래는
풍랑의 기억으로 당산나무에 새겨졌으리

막배 타고 연도를 떠난다
거친 바람에 취해 탄 배
배 안에서 승선권을 끊는 사내 얼굴도
한 잔 벌겋게 웃는다
김밥의 행방을 찾는 아내에게
보기는 한 것 같다고 말을 안주 삼는데

몰래 숨는 마음이 파도에 가라앉고
뱃머리 타이어가 괴정 선착장에 텅 닿는다
철썩, 끄덕이며 바다가 숨을 내쉬고
그건, 바닷바람이 사라질 연도의 넋에게 건네준
뭍에서 보낸 검은 메밥이었다고
악수하듯 밧줄이 던져진다

루시다의 아침

누구를 잔에 물던 성배의 취기가 끝나자
그날 게스트 하우스의 수풀 같은 밤은 미명에 끝났다
진혜가 생시에 한 잎 떨굴 무렵 날이 샜다

적요가 사라지자 적막이 푸르게 물들어 갔다
스미는 잔물결처럼 뒤척이다
오일장에 걸려 다시 들어왔다

한때 이 해운탕에는 물이 들끓었다
길의 노역에서 소금기를 씻던 물들은
남강을 거쳐 바다로 갔으리라

루시다에 목욕탕 굴뚝과 타일만 남기고
길에는 장날 할매 품이 팔리다가 서서히 사라졌다

가지가 다탁에 놓였다
진주 여자가 가지가지, 했다

갈까 부다 갈까 부네 님을 따라서 갈까 부다
천 리라도 따라가고 만 리라도 따라

스미가 갈까 부다를 내니,
적요가 소리를 이어 불렀다

익스프레스로 주문해도 나온다는
에스프레소 잔이 두껍게 비었다
우리의 입에 공기가 반 들어갔다

망경산은 저만치, 망경동 골목에 아침이
해운탕 굴뚝에 밤새워 땐 정화情火로
길을 내기 시작했다
어쩔거나, 빛나며 찢어져 가는 거리들*
골목 미로가 길인 것을

* 진은영의 시 「주어主語」.

재즈창고

그곳은 한낮 저잣거리에서 보이지 않지
누운 생쥐 보듯 비껴가게 하지
아니, 그저 골목 어귀일 뿐
벽에 걸린 액세서리 점포도 어스름에 벽이 되고
어둠이 검은 고양이처럼 모습을 드러내지
낮익 흥정과 흥청을 고요히 끌어안고
자장을 일으켜 저장해 두었던
재즈창고 지하 계단, 서서히 촛농처럼 흘러내리지
그렇지 소리의 빛 음음적막
선창에서 냉동 생선 부리던 뱃사람들
활활 활어 되어 돌아가는데
바람에 북어처럼 납작한 몸들이 눕는 곳

밤의 악기는 드럼, 베이스, 보컬
드러머가 어둔 꿈을 두두둥 텅! 치면
베이스는 둥둥 꿈의 메아리를 줄로 끌어내
재즈창고 바닥에 깔지
보컬의 목소리는 낮은 달의 목소리

이 지하 동굴에 내려온 이여

환한 낮꿈을 꾸다 질식한 이여
만장굴의 저 내부에서 떠오르는
이 부드러운 달빛이 내는 음악 들어 보게

나의 소리 빛이 뿜어내는 것은 음영이라네
음전기의 그림자가 빛에 살랑거리네
순식간에 일어나는 정전기의 떨림은
치명적인 희망이었지
청춘의 언플러그 사랑은 가고 없네
내 다시 오지 않을 일렉트릭 늙음도 없네
오직 살아 있을 뿐
꿈도 없이, 아 꿈도 없이
빛은 어디에 있을까 블랙홀
같은 세상 속으로

취객들이 들어오지
한껏 취해 달걀 흰자위처럼 풀어진 눈으로
다시는 이 음침한 창고에 닿고 싶지 않아 소리치지
혀는 말려서 창자에 가닿고
손가락 끝은 타서 쓰린 기억의 재를 털면

쥐 오줌과 똥 덩어리가 바닥에 잡풀처럼 자라지
알코올로 대면하라 대면하라

벽에 걸린 귀면, 커트 코베인의 귀에 권총을 댄 실크스크린
유서의 끝에 쓰이길, 기억해 다오
점차 희미해지는 것보다 한꺼번에 타오르는 것이 낫다는
것을
저 자신을 때로 끊어야 할 때가 있느니
자살은 저주받은 축복이거니
대면하라 대면하라
어서 자신의 더러움과 추함, 비겁한 광기를 향해
쏴라, 쏴라, 쏘아라!
라라라 울음의 운율이 흐르네
보컬은 달빛을 손톱으로 튕기며 깎으며 노래한다
손톱에서 달 조각 흩어지네

더러운 손들아 이제 왔는가
너무 일찍 온 이 빈객들아
이 달빛이 내는 레이저는 너의 심장을 투과하니
네 뼈에는 닭 날개가 쇄골에 끼였고

네 가슴에는 갈매기살이 자라고 있네
날개 그토록 원했으나 목에선 끼룩끼룩 소리만 나지
뼈는 점점 달빛을 닮아 가지 닮아지는 살들
이 돼지 껍데기야

손아 이제야 왔는가 늦지 않았다
너무 일찍 돌아온 빈객아
너는 온몸에 상처 있네
눈 씻고 봐도 없는 상처
달빛에 눈 헹구어 보니 보이네

네 어린 초승달의 경로도 없던 시절에
찢어져 들어와 흘러내리던 거친 시냇물은
이제 흔적 없다네
개여울의 물거품은 몸과 함께 자라고
성인이 되어 갔네
달 없는 밤이면 더욱 발정하는 기억
그건 독버섯이었을까, 밤꽃이었을까
넋은 술 밑에서만 살아 있지
달의 술이여 다시 사내를 보지 못했네

이모는 담배만 피울 뿐 말이 없네
이 발광을 어떻게 섞어 놓을까 흩어 놓을까
누가 저 애를 저리도 흩어 놓았을까
저 더러워진 기억을 씻을 순결한 자 뉘 있나

손아 이제 왔는가
잠수한 이 빈객아
술값도 안 내고 가는 한 빈대에게
주먹으로 이 몇 개 부러뜨리고
잠수한 어린 시라소니 왔느냐
네 철학의 어느 개념에도 없던 주먹
때로 주먹은 정의 너머에 진실로 있었지
이 주먹도 또한 운다네 밤의 재즈창고에서
주먹과 울음은 가락에 흐른다네
그 모든 걸 녹여 내는 재즈 보컬의 슬픈 목소리

　내 밤의 사막을 건넜다네
　모래바람은 내 정다운 시야
　달빛은 내 여로의 기쁜 눈물
　그 눈물이 비치지 않는다면

내 어찌 길을 가리
길은 어쨌든 기쁨의 길이었네

가뿐한 길이었다네

밤의 현관문

밤의 현관문을 열자
찬바람이 가슴을 뚫고 지나간다
너는 어두운 도서관의 정원 샛길로
들어섰다 수도사처럼 윗옷의 모자를 덧씌우고
안녕하세요 인사했다 나는 그저
달빛을 본 듯 입가로 웃었다
너는 도서관 달의 이마에 지문을 남기고 떠났다
바람이 빈 나뭇가지에 매달린 꽃등을 흔들었다
타오르는 나무들 전기에 타오르는 나무들
전기꽃이 달빛에도 타오른다
밤의 벗나무는 밤새도록 피었다가
도서관의 한 양장본을 희미하게 물들이고 있다
둥근 책등이 눕혀지고, 표지가 펼쳐지면
머리띠 풀어 헛장을 열고 배를 만진다
밑의 가름끈을 당기니 제목이 풀어진다
불 꺼진 행간을 달빛이 서서히 비추며
붉은 띠지를 떼어 내고 읽는다
페이지가 파르르 떨리다가
책갈피의 끝이 접힌다
전깃불에 타오르는 벗나무들 곁에서

달빛이 밤새 나뭇가지의 행간에서
꽃천을 풀어내고 있다, 너는
찾아보기도 없는 무문자 지대

차가운 매혹

오래 말 없는 나날로
창문을 통해 햇빛을 그리며
유화실에서 자신의 얇은 지방을 말렸다

손에서 마르던 물은 졸아들었다
흔적 없이 손이 검어졌다

손에서 빠져나간 바깥이 잠시 방황하였다
밤늦도록 와인 동굴에서
몹시 수다스러운 즙이 흘렀으리라

발에서 차오르던 슬픔을 무릎으로 지그시 누르며
실팍한 다리로 버텼다

걸음에서 피어난 보랏빛 수국 같은 얼굴은
이슬을 동여매고 차갑게 빛났다

순식간에, 손에서 흘러내리던 물이
흔들리는 머릿결로 여울지다가
꺾인 목덜미로 흘러 가라앉았다

등이 반짝 썰물로 밀리면서도
흔들리지 않았다

허벅지에 —자 스크래치로 난 청바지의 물길로도
나는, 가슴이 스윽 베였다

여객터미널 창가에서

날이 죽죽 흐리고
떠나네, 카페리
오지 않을 눈발처럼
당신은 이제 나를 떠나네
할 말을 미처 부릴 데 없어
항구에 정박해 두네
날은 곧 어두워지리
속천항 여객터미널 창가에 서서
손바닥에 불어나는 강물을
나는 어쩌지 못하리
날이 죽죽 흐리고
떠나네, 카페리
동백꽃 피듯 불빛이 밝아오네
인어다방 이층 창문

한 잎의 바다에게

폰 위에 바다를 띄우고 갈매기가 날고 있네
바다는 내리 달리고, 나는
밤 가로등도 진 해안 절벽에 서서
바다는 자글자글 끓고 있었네 허리를 끊고
새들은 간략하게 날개를 펴며
간단하게, 아주 단순하게 떠나고 있었네
달도 사무치게 피어서는
구름이 교교하게 사라지고 있었네
섬은 바다에 떠서 가라앉고
바다는 내리 달리고, 나는
겁 없는 꽃잎에 매달려 있네
한 잎의 바다에 매달려 있었네
폰 위에 바다를 띄우고 갈매기가 날고 있네
나는 내리 매달리고, 바다는
어디론가 힘껏 내몰리고 있었네

입가로 새가 날았다

외도의 선착장이 바다에 슬그머니 잠겨 있다
사내의 맨다리가
주름치마 펼치듯 여름 파도에 닿고
떠날 시간, 배를 기다린다 너는
오지 않았다, 그해 겨울

삼월에 폭설, 사륜구동의 바퀴가
눈 위로 미끄러져서는 바다 앞에 멈춰 섰다
시동 끄고 추운 배의 그늘에 몸을 실었다
처음 겨울 바다에 눈이 멀었다
제주 해안가에 잠시 끓는 볕이 차가웠다가
네 발끝으로만 아름답게 지나갔다

외도 선착장에 배가 포물선을 그리며 들어온다
떠나기 위해서는 저렇게 둥그렇게 돌아야 한다는 것을
그땐 몰랐다, 그저 몸만 버리면 다 되었던

어두운 물에 물들고 나서야……

날에 빛이 감돌고 바람이 분다

너는 이곳에서 살지 못하리라

바람의 언덕에서 날지 못해
바람이 언덕을 낳고 언덕은 바람을 키웠다
그곳에서 바람, 비행 연습을 했다, 그해 겨울

섭지코지 난간 밑에 묻어 두었던 살바람이
살기를 띠기 시작했다, 헤어지고 나서야
죽은 바람이 가슴 난간 밑으로 떨어졌다

붙잡고 껴안고자 무던히 애쓰던 바람을
바람 부는 무위의 언덕에
던져 버린 그해 겨울, 지치다가

너는, 한여름 겨드랑이에,
바람을 부드럽게 풀어놓는다
바람의 언덕 너머 저편에서
잠시 가벼운 구름의 땀이 일다 사라지고
알을 품듯 희미한 깃털이 날렸다
입가로 새가 날았다

제4부

여린 봄

날이 어둑해지고 있습니다
봄이지만, 바람이 찹니다
겨울 손이 봄의 가슴을 껴안는 까닭입니다
더워지려는 봄 마음에, 뜨거워지려는 앙가슴에
아직, 아직은, 아니라는 듯이
겨울의 손에 바람이 불어오고 있습니다
지난겨울 폭설로 나무들은 물을 함빡 받아
강줄기를 잎맥에 풀어놓았습니다
하지만, 아직 겨울은 봄을 만지고 있습니다
조금 더 겨울을 타야 봄이 무르익을 거라고
그렇게 바람은 봄의 뺨을 어루만졌습니다
날이 어둑해졌습니다 봄밤
그대 얼굴, 어둑어둑 차갑게 밝아지고 있습니다
겨울 난 여린 봄입니다

만 이랑 쉬게 하는 그대

그대는 푸른 한낮, 바다에서 일하네
한 대의 대나무 섬으로 떠서는
무수한 댓잎 달고 차갑게
금빛 물고기를 찌른다네
만 파랑 물결에 흔들리는 몸이여

나는 어기여차 그대를 엮는다네
내 손목은 틀어지고 어깨는 저리네
해종일 만지는 물고기들을
저미는 소금으로 동해천
어일리 오일장에 내다 파는 손이네

그대는 푸른 밤, 피리 소리처럼
대섬에서 더 푸른 대로 불어
어기여차 내 그대 또 만나니
피 – ㄹ 리리리 피리 소리
나는 그대 몸을 엮는다네

만 파랑 속 물길에 흔들리는 몸이여
어둡고도 붉은 물 꼭대기에 오를라치면

만 물결 잠들어 물고기 알 낳는
우리의 밤은 피 – ㄹ 리리리
만 이랑 쉬게 하는 그대 님아

환한 벚꽃

벚꽃이 피었다
벚꽃 보기 두렵다
벚꽃이 길의 틀에 수놓아져 있다
벚꽃 보러 틀에 갇히기 두렵다
마음에 꽃이 필까 두렵다
나의 길은 이미 수틀린 길이기 때문에
나를 감싸고 있는 수틀은 다 깨져 버렸다
피어야 할 꽃이 없어졌기 때문이다
마른 몸은 말린 껍질로 후두둑 떨어진다
수틀린 길에 부얼부얼 활짝 벚꽃이 피었다
길을 가두어 버리는, 미친 꽃이다
몸의 껍질을 질겅질겅 씹어댄다
뼈 마디마디가 썩은 가지처럼 부러진다
미친 듯이 죽었다가 환생한
환한 벚꽃이 어지럽다

유채

겨우내 바람에 시달리다 눈 닮은 희디흰 꽃들을 지나 유
채는 이제 4월을 햇빛 쪽으로 기울이네 백설의 마음으로 살
았다면 그리 눈부시지도 않았으리 매화로 피어 벚꽃으로 진
다 한들 어디 그리 환하겠는가 이 핫한 햇빛 눈부셔서 내 마
음 다 빼앗기네 이토록 노랑은 그리움 단박에 그대 너머로
향해 갈 줄, 종자의 터트림으로 말해 본 것인가 유채는 꽃
들을 회오리처럼 감아 활활 타오르네 유채油菜는 아마……
제 몸을 태우는 것인가 보네 제 몸을 지르고서야 결국 결정
처럼 기름이 나오는 것일까 나는 이마에 개기름을 익히 흘
린 터 그러니 이 꽃기름의 빛에 어찌할 바 모르네 그대여 그
대가 짜 준 이 환한 들의 꽃을 보니 나는 얼른 산 너머 지는
해도 차마 보지 못하겠네 어둔 밤에 유채가 사라져도 유채
네가 저지른 마음이 환해져 달빛처럼 밤새 호롱호롱 탈 호
롱불로 유채에게 타 버릴 양인데 어찌할까, 그만 유채에게
빌어 볼 참이네 그대여 애타네

유채꽃밭에 피던

바다를 향해 유채꽃들 피어나다
기우뚱기우뚱 고개를 젖히며
바람에 노랗게 흔들린다

이렇게 마음 밝힐 일 없는 제덕만 매립지에
바다를 그리워하는 바람으로 무장무장 피었다
바다는 제 그리움을 스스로 가졌으니
밀려와서 뭍의 어부 술잔에 빠졌다가
제 심연으로 돌아가 물고기 안부를 듣는다

바다를 메운 땅의, 바다를 향한 애정이
이렇게 활짝 핀 마음을 바다는
갈매기 서너 마리로 끼룩거린다

저무는 마음일 때 바다는 제 출렁임과
붉게 빛는 햇빛으로 몸을 태운다

유채꽃밭에 피던 사람들이여
환한 그리움을 발밑에 두고 떠날 때
마음에 기름 심지 돋고

밤새 불 환하게 피워지리라

무더기무더기 달빛 이마에서 빛나던
그대 유채 바다여
또 그렇게 유채 꽃잎의 귀에 들려줄
귀 기울이는 시간의 사라짐이여
우리는 다시 우연을 모른다

소방 사이렌

점심 먹고 있는데 소방 훈련 사이렌이 흘렀다
여성의 목소리는 경상도 방언으로
식도에 들어가는 밥알들을 훑어 내었다
소방신의 습격, 구내식당은 아무런 동요 없이
덮밥을 먹고 사이렌의 불꽃 같은 음파 위에
위는 파동을 치고 피부는 떨리는 물결,
물 한 잔 마시고 덧나는 식욕을 밀었다

사이렌이 목욕하듯 소방 교육이 있는 날
너는 밥숟가락 사이로 소방 2급 기출 문제지를
저장했다 구내식당은 평화스러웠다 어디에도
없는 불은 꺼지지 않았다 물을 마셔도
점심은 점 찍힌 마음으로 소화되었다

시험이 끝났다

네가 돌아서자마자 미처 꺼지지 않은
손이 네 뒷목에서 일어나는 불 한 포기를 쓰다듬었다
너는 소화되지 않은 채 불을 지피고
들불이 일어나듯 멀어졌다

\>

대로에서 운전대 너머 스키드 마크처럼
불길이 타오르고 있었다

네 붉은 뺨이 지핀 불길

마르고

너는 어디서 왔니

오월 속으로 비가 내린다
거침없이 내리는 빗물을 치우느라 바쁜 와이퍼
서린 김을 지우지만 내풍으로 차창이 뿌옇다
지구의 자장은 이미 틀어진 지 오래
비의 오월이 벌써 팔월을 앞지른다
건기가 지나쳐 너는 입을 몰아쉬었다
마른바람을 달리다 기도가 버석버석해지고
기침을 쿨럭이며 오월 속으로
비가 퍼붓는다 바람의 등에 무게 더해
전속력으로 달리는 마력 위에
우기의 기분을 안장처럼 차고서
마른 너에게로 젖어서 간다
마르다가 젖다가 결국 마르고야 마는
혼자의 덕장으로 사는 네게
나는 오월 비의 마력에 실려
서리서리 김을 지우며, 흐릿한 네 얼굴을
오월을 달려 월담이라도 하듯

비의 마력으로 이랴 이랴 달린다

너는 어디에서 마르고 있니?

다호리고분군마을에서

주남 삼거리에 신호등이 없는
바람처럼 달리는 차량의 횡단은 무단으로
급정거한다 바람은 어디로 불다가
어디에서 멈출 것인가 그걸
바랄 수 있을 것인가

고분군의 갈대밭은 이천 년째 제 머리맡에
유적의 바람을 맞고 누워서는
다호리의 습지를 지키고 있다

별과 구름을 수없이 새긴 갈대가 피고 지고
그대의 머리칼은 바람의 거울에
나부낀다 동판저수지에 핀 연꽃이
길에 가리어진 틈새에서

그대는 거울을 움켜쥐고
통나무 관에 누워 한평생 별을 바라보았을까
그대의 나이가 만든 젊은 고분이
붓으로 쓰고 싶은, 성운문星雲文

>
별의 누이, 구름의 오라버니

이 세상에 함께 태어났으니*
동경銅鏡, 도굴되지 않을 그대의 거울 무덤

* 작자 미상의 백제 시가 「숙세가宿世歌」.

산그늘 아래에서

식당의 외벽은 전면 창
유리 풍경이라고나 할까, 4층
눈높이에 산벚나무들이 꽃집을 지었다
하늘은…… 푸른 그늘
식객들이 떠난 자리에 늦은 수저를 든다
산 밑 가옥의 옥상에서
가스통이 햇살을 온통 담고 있다
그래, 홀로 고개를 떨구다 보면
안 보이던 빈터가 제자리처럼 보인다
마주한 자리를 털어 버린 가득 빈 곳에서
그리운 것은 저 혼자 깊어서 흐른다
봄바람에도 간절기 그늘로 기침하는
당신이여, 당신이 없는데 깊다
아름다운, 당신은 늘 그늘
텅 빈, 푸른 그늘

당신의 꽃

어즈버, 어제는 겨워서 벚꽃이

그대 눈동자에서 지고 있었어요

사월이 사르르 사방 흩어져요

봄이 흩날리면서 눈에

하얀 핏물이 방울방울 흘러요[*]

병을 살아 내기 위해

꽃을 지고 먹는 이가 있어요

* 이서린의 시 「드라이플라워」.

사랑의 사막

중국은 겨울 발꿈치를 떼려 하지 않는다
비도 눈도 오지 않자 봄은 먼저 마르고
사막이 눈을 비빈다 사막은 오랫동안 하늘로부터
눈을 맞추지 못했으므로
제 몸의 분비를 먼지화하여 하늘로 날려 보낸다
모래 폭풍이 몇 차례 심한 기침을 한다
누런 모래가 편서풍을 타고 남하하고 있다

순매원에는 매화나무가 반쯤 지고 있었다
매화는 이미 먼지를 쓰고 하늘은 햇빛을 가렸다
매화가 가장 많이 겨울을 타며 흙비를 맞다가
꽃으로 막아 내었다 이제 곧 벚꽃으로 넘길 것이지만
매화나무 아래 화전으로 꽃을 먹었다

사랑은 가지에 달렸다 BB크림으로 잡티를 가린 얼굴이
웃었다 꽃은 민낯으로 웃었으나 제 잡티를 먹었다
파인더에 순간적으로 핀 매화가 심장에서 덜컥, 피었다
이건 결코 지화가 아니야 심장이 뛰어서 맥박이 달리니
카메라가 심전도처럼 가슴에 붙었다 찍어야 돼
가슴이 답답해 매화나무 아래 앉았다

카메라가 잡은 건 꽃과 얼굴이었지만
인화되지 않은 사진에서 먼지가 웃고 있었다
목이 말라 매화를 머플러로 감아 보았지만
봄은 먼저 마르고 사랑의 사막이 흘러넘쳤다

S

연수

1

흐릿한 항구에 비행기가 낮게 기울며 지나간다
저렇듯 분명한 마음으로 지나가야 하는데 발걸음은
터미널 안팎을 바장인다 천지연의 폭포처럼
떨어지지도 못하고 흩어지는 일행의 얼굴들
갈매기가 날개를 펄럭이며 비행한다
저렇듯 고요히 마음을 펄럭이며 갈 수는 없을까
곧 배가 올 것이다 배에 오를 마음이 타지 못하고 있다
어디로 가야 하는가 시간이 가고 있는가
그것은, 늘어나는 중인가 줄어드는 중인가
비행기는 기류를 타고 배도 물을 타고 있는데
타고 있을 무엇이 없는 여행으로
제주연안여객터미널에서 마음이 타고 있다
노을이 구름 뒤에서 서서히 타오르고
마음에서 번지는 피부의 떨림을 가눌 수 없다
움직이는 것들에게 비애는 없을 터
흐린 날, 물결에게 마음을 맡긴다

>
2
비가 부슬부슬 내린다 갑판은 자살 방지용 그물이 쳐져 있다
어디 저 망망한 바다를 두려워하지 않는 설움이 있단 말인가
그러나 방향을 틀고 있는 배에서 설움은 절정으로
타오른다 떠나는 것은 그래야 한다
새 떼가 바다를 물고 날아오른다
저녁을 컵라면으로 때우고 라면 국물로 후루룩
허기를 말아 마신다
객실은 티브이와 라디오 소리, 화투짝 치는 소리,
그리고 엎드려 쓰는 청년의 엽서를 실어 가고 있다
밤바다는 경계를 지우며 어둠에 묻혀 가고
부슬부슬 내리는 비, 갑판은 자살 방지용 그물이 쳐져 있다
승선 전에 보았던, 배를 돌려 출항하는 인천행 이름 세월,
바다에 한없이 작지만 바다를 밀고 가는
이 배의 느릿하고도 무거운 항해!
너를 두고, 밤바다처럼 한참 어두워져야 하리라

수학여행

1
좌현 램프에 빛이 들어온다, 물결은 차르르륵 선미에서 부

서진다
빛 방울에 부글부글 떠서 서서히 내려가는 흘수선,
배 밑이 빛을 받으며 물을 먹는다
배의 위장은 자꾸 아래로 처진다 묵직하게
굳은 근육에 일등항해사는 자꾸 삼등의 자괴감에 빠져
핸들을 돌린다 배가 휘청, 하더니 객실에서 숨들이
새어 나온다 배의 항문에서 설사기가 터져
나오는 것은 객실의 토사 같은 숨소리들,
한꺼번에 벽이 기울기를 시도하고 있다
영화에서나 나올 법한 일이 아닌가 쿠쿵, 발을 딛지 못하고
미끄러진다 출항 전 배가 아프다는 소리를
선주는 가볍게 묵살했다
삼등항해사는 수심으로 낙하한다……
돌이킬 수 없는, 길이, 물길이
빠르게 회오리치고 있다

우리들의 배가 서서히 가라앉는다
지난밤 출항할 때 우리의 배를 휘감았던 안개,
떠나지 말아야 했는데……
뚱, 우뚱, 기우뚱, 파도에, 철 구조물 소리
띠이이잉, 구그그궁, 쾅

베드룸 B-19에 2-4반 애들

배가 기울 줄 몰랐다, 이상한 냄새 나*

문이 위로 넘어갔다 천장이

08:52:32 전남소방본부 상황실.
"살려 주세요."

구르는 캐비닛에 발이 끼고 신발 통통
애들이 깔리고, 떨어지는 물건들

"현재 자리에서 움직이지 마시고
안전봉을 잡고 대기해 주시기 바랍니다."

정전. 방 창문으로, 희미한 빛.
물이 차는 창문. B511 헬기.
헬기가 배를 끌고 가나 봐*
캐비닛 드드득 뜯어지는 소리
바다의 어머니여
어디 계시나이까

水 차가운 물이 흘러들어
人 젖는 아이
母 어미가 들끓네

어두워지는 창문 너머, 사라지는 해경
사라지는 친구들, 해경의 로프 지나가고
검은색 구명보트 출렁출렁 뜨는 나무 캐비닛
천장에서 열리는 문으로 구명조끼 깜빡 깜빡
켜졌다 꺼졌다 천장에서 문이 열린다
손 손 발 발 발 — 틈새에서 크게 벌어지는 입들,
세월이 말없이 흘러 아 아 아 아 아 아**
기울어서 날아가는 것들, 저 멀리

    MBC, 전원 구조

世
    越,
        S E W O L

    차갑게 가라앉는 바다 곁에서
    전신으로 떨고 있는 그대를 보았어

112

단단하게 냉동된 영혼 하나씩
철썩이는 바다 서릿발 속으로
소리 나지 않게 사라지고 있었어
　　―고정희, 「미궁의 봄 11」

너는, 너는, 순식간에 사라지고
물이 쓸어버리는 청춘에
넋이 젖고 혼이 해저로 잠긴다
배는 점점 바다로 기울고
우리들은 물로 흘러내린다

마지막이야, 안녕,
해경 123정이 구조한 선원들은

　　艸　물풀이
　句　몸을 수그리고
　文　매를 들어
言　이마에 죄의 문신을 새겼다

차가운 물이 머리카락을 쓸어 가네
얼굴은 갈라지고 손이 붓기 시작하네

심장에서 미처 하지 못한 말

내 동생 어떡하지?*

2
벽이 기울어지고 있다, 장난인 줄 알았다, 문을
탕탕 치자 스피커가 말한다, 감히 어딘지 알고,
여긴 감옥이야! 눈에서 피가 떨어져도 바닥이
수직으로 기울어진다 바닷물이 점점 다리를
치고 올라온다 헬기 소리가 나도
어디에도 문은 열리지 않고 울음이 물에 스며든다
잘못 온 길이 아닌데, 이렇게 끝나지는 않을 거야
서로를 끌어안아 보지만 물은 가슴께로 높아지고
살날이 많은데, 가족이 있는데, 아빠, 엄마 그리고
다시 배가 쿠쿵, 쑥 빠진다 머리가 깨지고 입에서
물거품이 난다 꾸르륵 더는 희망이 보이지
않는다 숨이 막히고 가라앉는다
생이 끝나나 보다
생이……
ㅅ…
ㅣ

세월이

갔다

멀리 헤어져 있어도
모든 게 변해 가도
내 마음은 저 세월에 지치지 않고
여기에 있어***

* 4 · 16 당시 현장 목소리.
** 이수미, 「여고시절」
*** 류, 「세월」

봄멸 미륵

비가 내린다
죽방이 떠 있다
남해
미조항彌助港
선박이 레일을 타고 뭍으로 인양되고
배와 바지선 사이
그물에서 털리는 멸치들
어이야 차야 어이야 차야
어부들의 힘찬 어깻짓이 펄럭일 때마다
펄럭펄럭
떨어지는 멸치들
가벼워서 더욱 뭉쳐지는 수법이
바다 그물에 떠 있다
떼로 잡혀 다시 바다에 뜬 눈들
갈매기가 주변에서 파도치듯 달려든다
가벼운 것들이 펄럭여 생의 무게를 넘어가듯
해가 저물고 있다
그토록 털리는 생명이 많았으니
한 상자에 말린 바다를 들고
관광버스에 가득 오르는
봄멸 미륵

석동근린공원[1]

어두워지는 한때 봄날, **발소리 들리는 것 같아**
자꾸만 누군가가 기다려진다[2]
봄비가 주룩주룩 내린다 나는 자꾸 귀를 기울인다[3]
마음속에 등불 한 점 밝혀[4]

어두워지는 한때 대동마을 토끼상가 앨리스
백열등을 켜 놓고 채굴하고 있다 어디 갔지?
토끼풀의 숫자를 셀 줄 모르는 딸이
어디로 간 것일까 생활을 위해
토끼풀 코인이 채집될 때마다
백열등은 한 칸씩 꺼져 간다 **스물여섯 시간을**
살겠다고 우겨 오늘도 달아나는 두 시간을 붙잡으며[5]
몸으로 터득하는 삶이 소통[6]인

토끼상가에 나타나는 고양이들에게 앨리스는
눈빛이 생글생글 싱그럽[7]지만
엉기고 있는 온몸을 접으면서
어두운 광 속으로 들어가[8]는
숨찬 하루를 보내는 건[9]

딸에게 토끼풀인 세잎클로버를 살게 하기 위해서
십자 같은 네잎클로버에 대한 믿음을
나 또한 잃지 않기 위해서
토끼풀 코인을 오늘도 부지런히 모은다

어두워지는 한때 봄날, **목련꽃이 필 때쯤**[10]
마음속에 **쉬어 가는 날도 있어야지**[11] 하다가도
잘못된 어제 일들 고치고 지우고
지우고 고쳐서[12] 자꾸 되풀이하여 보지만
당신은 나[13]에게 하얀 토끼풀로 사는
턱없이[14] 희미한 한때 봄날 저녁
저녁 셔터를 내리는, **길은 멀다**[15]

1 2014년 9월 창원시는 '시가 흐르는 도시' 사업으로 진해구 석동근린 공원에 진해 문인들의 시화판 10점을 설치했다. 인용된 시들은 모두 이 시화판에 있는 시들이다.

2 이종화, 「봄날」.

3 차상주, 「봄비」.

4 강수찬, 「가시나무 숲길」.

5 나순용, 「생활」.

6 강수찬, 「가시나무 숲길」.

7 차상주, 「봄비」.

8 곽병희, 「애드벌룬」.

9 나순용, 「생활」.

10 심재섭, 「목련꽃」.

11 이경희, 「벤치」.

12 전문수, 「하얀 시」.

13 서안나, 「한 사람」.

14 이종화, 「봄날」.

15 신태순, 「섬」.

너에게로 가는 먼 길

오민석(문학평론가 · 단국대 교수)

1

이 시집의 거의 모든 시에 *나* 혹은 *너(당신, 그대)*가 등장한다. 그러므로 이 시집은 *나*가 *너*에게 하는 말들이며, *나*와 *너*, 사이─대화의 기록이다. 화자인 *나*는 *너*를 설정하고 *나─너* 사이에 다양한 공간을 생성한다. *너*는 때로 *나*의 거울이기도 하고, *내*가 가 닿을 수 없는 실재이기도 하며, *나*의 사랑, 욕망 혹은 그리움의 대상이기도 하다. *너*는 *나*의 가까운 지인이기도 하며, 한용운의 "님"처럼 상징이기도 하다. *나*와 *너*는 한데 겹치기도 하고, 서로 가까워졌다 멀어졌다 하면서 말놀이의 공간을 만든다. 정남식에게 있어서 이 말놀이의 공간은 친절한 지시성을 가지고 있는 것이 아니어서, 언어 바깥의 현실이라기보다는 언어가 만들어 내는 별도의 세계이다. 이런 의미에서 정남식은 재현의 시인이 아니라 생산의 시인이다. 그는 현실의 복제가 아니라 다른 세계-만들기를 지향한다. 그의 기호는 현실을 직접 건드리지 않고, 다른 기호를 건드린다. 그러므로 그의 시들을 읽을 때, 그의 기호들이 이미 멀리 떠나온 지시 대상을 찾는 일은 무모한 일이다. 그는 이미 두 단계나 지시 대상에서 멀어져 있다. 그러므로 그의 시를 이해하고 누리기 위해서는 기호와 기호 사이에서 일어나는 진동과 파장을 포착하고 느껴야 한다.

> 뒤늦은 가을 은행잎보다
> 더 떨어지지 않는,
> 당신을 보내고 나서
> 깊은 가을보다 더 떨어지기 위해
> 나는 잎 무더기로 걷습니다
> 거리에 은행잎 알갱이로 짙은
> 가을의 샛노란 사막은
> 때로 내가 걸어야 하는,
> 기쁜 길이기도 했습니다
>
> —「기쁜 길」 부분

이 작품에서 *나*는 아래쪽에 있으며 하강의 동선을 탄다. 이 시에서 *너*는 *나*처럼 바닥을 기지 않으며 상승의 동선을 탄다. 이렇게 *나*와 *너*는 이접된다. *너*는 멀어져 아쉬움 혹은 그리움의 대상이 될 수도 있다. 이런 *너*는, 바닥으로 내려가는 *내*가 되돌아가고 싶은 대상 혹은 소망의 위쪽일 수도 있다. 이런 경우 *너*는 *나*의 또 다른 *나*이다. 이 작품은 소멸의 바닥으로 내려앉는 *나*와, 더 이상 떨어지지 않으며 *내*가 보내 버린 *당신*의 이야기이다. *나*는 불모("사막")의 바닥을 "기쁜 길"로 자처하지만, 이 바닥으로 "떨어지지 않는" *당신*에 대한 사유를 멈출 수 없다. 왜냐하면 여기에서 *당신*은 *나*의 *당신*이기 때문이다. *당신*은 *나*의 '보내기'라는 선택적 수행성(performativity)에 의해 '구성된' 주체이다.

> 뿌리가 오래 말라 있다
> 오래오래 땡볕이 땅에 머문다
> …(중략)…
>
> 몸 가려운 뿌리
> 흙이 먼저 부르니,
> 내 진정 흙투성이로 가면
> 네게 전할 말
> 더운 땅에 저절로 묻힐거나
> 묻혀서는 폐부 깊숙이 진흙이 된다면
> 그건, 깊이 내려가야 할 일
> 흙 알갱이 되어 더 밑으로 스며들어
> 부서져서 네게 다가가리라

흙먼지 반죽 되어 너를 덮을 즈음

깊은숨 들이쉬고
숨통 내어 한숨 불면
한없이 작은 뿌리 이내 젖는다

너는 밑에서나마 살아남으리라
끝까지

　　　　　　　　　　　　—「젖는 뿌리」 부분

　앞의 시가 이접(disjunction)의 *나*와 *너*를 다루고 있다면, 이 시는 접속(junction)의 *나*와 *너*를 보여 준다. 이 시에서 *너*는 이미 (마른 뿌리의 형태로) 불모의 바닥에 가 있고, *나는* *너*를 살리기 위해 그 바닥으로 내려간다. 앞의 시가 위–아래로의 분리를 다루고 있다면, 이 시는 아래로의 합침을 보여 준다. 이 시의 *나*는 그러므로 철저하게 에로스적인 *나*이다. 그는 "더 밑으로 스며들어/ 부서져서 네게 다가가"는 헌신성의 주체이다. 자신을 던져 "오래 말라"("한없이 작은 뿌리") 붙은 *너*를 적시는 *나*는, *너*에게 "밑에서나마 살아남으리라/ 끝까지"라고 주문한다. 앞의 시와 이 작품의 *나*의 동일성은 그것이 줄기차게 바닥을 지향하고 있다는 것이다.

　위 두 작품에서 보듯이 정남식 시인은 *나*와 *너*를 중심으로 가상의 기호 공간을 만들고 있다. 그것은 언어 외적 현실과는 다른 또 하나의 '언어의 집'이다. 그는 이 집에서 지시성을 최대한 지움으로써 기표를 자유롭게 풀어놓는다. 그의 기표들은 한정된 기의에 붙들리지 않으므로 무제한의 기의를 거느린다. 위의 두 작품은 *나-너*의 구체성과 특수성을 지움으로써 그 안에 무수한 계기들과 사건들을 끌어들인다. 이 작품들은 이접과 접속의 코드 아래 들어 있는 모든 서사를 예로 안을 수 있다는 점에서 보편성의 공간에 가 있다.

2

정남식이 만들어 낸 이접/접속의 코드 중에 우위에 있는 것은 접속의 코드이다. 그의 이접은 파괴가 아니라 그리움의 파토스를 가지고 있기 때문이다.

나는 드러날 대로 드러나
이제 건조될 차례만 기다리고 있어요
귓방울이 방울방울 딸랑거려
맥박이 뛰는 이명으로 나는 덜컥여요
초원으로 떠난 그대,
나는 끊어질 듯해요

우웃, 하늘이 왜 이래요
쨍한 하늘에 갑자기 먹구름이 해를 삼켜요

나는, 어지러워요!
우두두두- 우박 같은 빗줄기가
화살처럼 내 몸에 꽂혀요
범람이신 당신, 당신이신가요

빗물로 흘러내리는 당신,
나는 시원하게 씻겨져 내려가요

호수가 말끔히 채워졌어요
나의 허벅지도 찰박거려요

허나, 나는 다시 마르고 있어요
당신은 번개처럼 사라졌지요
비와 함께 나는 싱싱하게 마르고
퇴화된 그리움으로 퇴적되고 있어요
…(중략)…

나는 퇴적되어도 그렇게 당신을
드러낼 거예요, 내 당신을

—「빗방울 자국」 부분

이 시집에서 시인은 메마름(건조함)/물의 이항 대립을 자
주 사용한다. 메마름이 불모 혹은 죽음의 상징이라면, 물
은 풍요 혹은 생명의 상징이다. 그러므로 이 시 속의 *나*

는 불모(죽음)를 향해 가는 존재이고 *그대*는 생명의 존재이다. 죽음의 상태로 가고 있는 *나*를 두고 *그대*는 "초원으로" 떠났다. 초원은 사막과 반대되는 생명의 공간이다. 그러나 *나*를 떠난 *그대*는 내가 "끊어질 듯" 죽어 갈 순간에 놀랍게도 "우박 같은 빗줄기", "범람"하는 생명으로 *나*를 다시 찾아온다. 이렇듯 *나*는 이접 이후에도 여전히 접속의 순간을 고대하는 주체이다. 문제는 *그대*의 풍성한 생명의 선물에도 불구하고 *나*는 "다시 마르고" *그대*는 다시 "번개처럼 사라"진다는 사실이다. 이접과 접속을 거쳐 다시 이접의 고원高原을 지나면서도 *나*는 *그대*와의 완전한 단절을 원하지 않는다. *그대*는 내게 "퇴화된 그리움으로 퇴적되고", *나*는 그리움이 완전히 퇴화하는 것을 원치 않으므로 "빗방울 자국"으로 *당신*을 드러낸다. 앞에서 이 시집이 *나*와 *너* 사이의 대화 혹은 말놀이의 기호-공간이라고 했거니와, 여기에서 우위를 점하는 것은 (이처럼) 이접이 아니라 접속의 코드이다. 그러므로 이 시집은 *나-너* 사이의 (타나토스가 아니라) 에로스-기호의 집이라고 해도 좋다. 시인은 지시 대상을 거의 삭제하고 현실-언어 사이에 이런 공간을 생성함으로써, 세상의 모든 내러티브를 일거에 끌어당긴다. 그의 시에서 현실의 기의들은 그가 만든 가상-에로스-기표 밑에서 줄줄이 미끄러진다. 어떤 기의도 그의 에로스-기호의 집에서 기표를 독점하지 못한다. 이것이야말로 그가 상징계에서 아버지의 법칙(Father's Law)을 피해가는 방법이다. 그는 기표-기의 사이의 연결 고리를 끊어

버림으로써 팔루스Phalllus의 전횡적 지배에 저항한다. 그의
시들은 이런 점에서 언어와 현실, 상징계의 끝과 실재계 사
이의 빈틈(in-between)에 존재한다.

> 나는 천 개의 빗방울을 이마에 맞아야 했다
> 허리 낮춰, 무릎 꿇고, 이마를 바닥에 대지 않은 나는
> 천 개의 빗방울을 한 번 더 맞아야 했다
> 사랑을 찾지 않고 기다림을 모르고 산 채
> 타는 초처럼 자신을 불사르지 못한 나는
> 천 개의 빗방울을 한꺼번에 또 맞아야 했다

> 삼천배하듯 삼천 개의 물방울로 거세게 맞아
> 거품을 입에 물고 기진한다 해도
> 기절하고 기절한 채 사랑해야 하는 게 아닌가

> 한 빗방울이 이마를 때린다
> —「삼천 개의 빗방울」 부분

시인은 현실(지시 대상)과 기의의 전횡에서 가능한 한 멀리
벗어나 상징계의 절벽에 가상의 기호-공간을 설정한다. 이
공간이 살아남으려면, 그리하여 빈집이 되지 않으려면, 그
것을 지탱할 무한-동력이 필요하다. 그에게 있어서 이 동
력은 바로 에로스의 에너지이다. 그는 '메마름'의 바닥에 있
을 때도 사막을 때리는 무수한 "빗방울"들을 소망한다. 그

는 얼마나 강렬하게 "사랑"을 갈구하는가. "거품을 입에 물고 기진한다 해도/ 기절하고 기절한 채 사랑해야 하는 게 아닌가"라는 전언은 누구보다 직설을 싫어하는 시인에게 얼마나 예외적인 자기 고백인가.

> 전깃불에 타오르는 벚나무들 곁에서
> 달빛이 밤새 나뭇가지의 행간에서
> 꽃천을 풀어내고 있다, 너는
> 찾아보기도 없는 무문자 지대
>
> ─「밤의 현관문」 부분

이 작품에서 *나*보다 *너*는 상징계의 가장 먼 곳, 훨씬 끝쪽에 위치한다. *나*는 *너*가 기호 너머의 실재에 가서 닿기를 '소망'한다. 라캉(J. Lacan)의 말대로 어떤 "표상(representation)에 의해 실재계에 도달할 수 있다는 희망은 전혀 없다." *나*는 *너*를 "찾아보기도 없는 무문자 지대"라 호명함으로써 표상 너머의 세계로 보낸다. "찾아보기도 없는" 그런 세계(실재계)는 라캉의 말로 바꾸면 "엄밀히 말해 사고 불가능한 것"이다. 이 불가능한 것을 *나*는 *너*라고 부른다. 이 부름은 상징계에서 아버지의 법칙과 분투하는 *내* 유토피아 욕망의 표현이다. *나*의 욕망은 *너*를 표상 너머 "무문자 지대"로 보내며, 그런 *너*와 접속하기를 꿈꾼다. 그리고 그런 나를 미는 동력은 사랑 충동(에로스)이다.

3

그러므로, 이 시집은 *내*가 너를 유토피아의 마지막 층위로 밀면서 그 뒤를 쫓는 이야기일 수 있다. 동력이 달릴 때, *나*는 밑바닥으로 한없이 추락하거나 메마른 사막이 되기도 한다. 그때마다 *나*보다 앞서간 *네*가 나에게 달려와 생명의 빗방울을 뿌려 준다. *나*는 다시 살아나지만, *나*의 속성은 죽음이므로 *나*는 또다시 상징계의 바닥으로 추락한다. 그럴 때마다 상징계의 저 끝에 있는, 상징계의 절벽에서 실재계로 막 건너뛰려는 찰나의 *네*가 보인다. *나*는 그것에 이끌려 다시 상징계의 사막에서 일어난다. 이 시집은 이렇게 *나*–*너* 사이에 일어나는 에로스의 긴장된 접속들로 이루어져 있다.

그대는 푸른 한낮, 바다에서 일하네
한 대의 대나무 섬으로 떠서는
무수한 댓잎 달고 차갑게
금빛 물고기를 찌른다네
만 파랑 물결에 흔들리는 몸이여

나는 어기여차 그대를 엮는다네
내 손목은 틀어지고 어깨는 저리네
해종일 만지는 물고기들을
저미는 소금으로 동해천

어일리 오일장에 내다 파는 손이네

…(중략)…

만 이랑 쉬게 하는 그대 님아

—「만 이랑 쉬게 하는 그대」 부분

이 시집의 시들은 대부분 *나—너* 사이의 쉽지 않은 접속
들로 이루어져 있지만, 위 작품은 예외적으로 *나—너*의 완
벽한 접속, 완성된 유토피아의 풍경을 보여 준다. 이런 풍
경이 우연적 성취나 가벼운 상상으로 보이지 않는 것은, 시
인이 *나—너*의 완결된 접속을 건강한 '노동'으로 묘사하고
있기 때문이다. *그대*와 *내*가 제 몫의 일을 열심히 하고, 그
것들이 서로 합쳐져 하나가 되는 풍경은 "푸른 한낮" "금빛
물고기" "만 파랑 물결"의 밝고 아름다운 장식들 속에서 더
욱 빛나며, "손목은 틀어지고 어깨는 저리"는 강도 높은 노
동 때문에 더욱 설득력 있게 다가온다. 그렇게 잡힌 물고
기들을 "어일리 오일장에 내다 파는" 모습은 유토피아의 정
겨운 모습에 강력한 현실성을 보강해 준다. 팔루스의 그물
을 뚫고 표상 너머의 세계로 유동하는 *나—너*의 기호—수행
(sign-performance)은 얼마나 깊은 절망으로 가득한가. 그것
들은 고단한 유목민의 후예처럼 쉴 틈이 없으며, 상승과 추
락, 접속과 이접의 컨베이어벨트 위를 끝없이 떠돈다. 이
런 유랑—수행에서 *내*가 힘을 얻는 것은 *너* 때문이다. 시인
은 *내* 안에 이런 *너*를 설정해 놓고 계속해서 *나*를 깨우고 두

드려 *너*를 쫓아가게 한다. 그리고 그 완성은 *나*와 *네*가 다시 이접되지 않는 어느 순간에 이루어진다. *너*는 그런 점에서 *나*를 몰고 가 완성된 정점에서 *나*를 "만 이랑 쉬게 하는 그대 님"이다.

> 마른 너에게로 젖어서 간다
> 마르다가 젖다가 결국 마르고야 마는
> 혼자의 덕장으로 사는 네게
> 나는 오월 비의 마력에 실려
> 서리서리 김을 지우며, 흐릿한 네 얼굴을
> 오월을 달려 월담이라도 하듯
> 비의 마력으로 이랴 이랴 달린다
>
> 너는 어디에서 마르고 있니?
>
> —「마르고」 부분

얼핏 보기에 이 작품에서는 *나*−*너*의 관계 혹은 역할이 도치된 것처럼 보인다. 여기에서 *나*는 젖은, "비의 마력"을 가진 존재이고 *너*는 '마른 존재'이다. 그러나 이런 도치는 하등 이상할 것이 없으며, 사실상 도치가 아니다. 앞에서도 반복해서 말했듯이 *나*−*너*의 기호−공간에서 *너*를 설정해서 (*내*가 쫓을) 주체로 만드는 것은 바로 *나*이다. 그러므로 *너*는 *나*의 호명이 없이 존재할 수 없다. *너*는 *나*의 유토피아 욕망이 투여된 주체이다. *나*는 *너*의 상태를 유심히

131

살피며 너에게 계속 나의 욕망을 투여한다. *너는 나의 너이*다. 그러므로 "너는 어디에서 마르고 있니?"라는 질문은 *나의 너*에 대한 *나의* 질문이다. 이 시집은 이렇게 만들어진 *내*가 *나의 너*에게로 가는 먼 길이다.